獻給　恩奈斯托 ── D.C.

獻給　瑪嘉利 ── S.M.

© 小豆子

文　　字	大衛·卡利
繪　　圖	賽巴斯提安·穆藍
譯　　者	林幸萩
責任編輯	郭心蘭
美術設計	郭雅萍
版權經理	黃瓊蕙
發 行 人	劉振強
發 行 所	三民書局股份有限公司
	地址　臺北市復興北路386號
	電話　(02)25006600
	郵撥帳號　0009998-5
門 市 部	(復北店)臺北市復興北路386號
	(重南店)臺北市重慶南路一段61號
出版日期	初版一刷　2018年6月
編　　號	S 858521

行政院新聞局登記證局版臺業字第○二○○號

有著作權·不准侵害

ISBN 978-957-14-6413-8 （精裝）

http://www.sanmin.com.tw 三民網路書店

Original title: Petit Pois
First edition 2016
© Text: Davide Cali
© Illustrations: Sébastien Mourrain
Published with the permission of Comme des géants inc.,
38, rue Sainte-Anne, Varennes, Québec, Canada J3X1R5
All rights reserved.
Translation rights arranged through Ye Zhang Agency,
France & VeroK Agency, Spain
Chinese translation right © 2018 San Min Book Co., Ltd.

小豆子

大衛·卡利／文

賽巴斯提安·穆藍／圖

林幸萩／譯

三民書局

小豆子出生的時候，個子小小的。

非常嬌小。

他的衣服怎麼辦呢？

媽媽會親手做衣服給他。

他的鞋子怎麼辦呢？

他會借布娃娃的鞋子來穿。

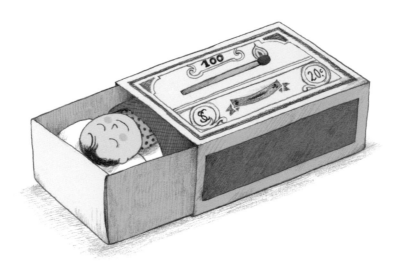

他睡哪兒呢?

這就看情況了。

他小小年紀就自己學會游泳。

等他長大一些，他會玩摔角、

爬高、

走空中繩索,

還有開車。

夏天時，他喜歡在菜園裡

悠閒漫步，

跳進池塘裡游泳。

有時候，他會躺下來東想西想，

想像宇宙有多大。

他也喜歡閱讀、

爬到番茄枝上，

還有騎馬……

應該算吧！

當他去上學時，

他才了解到自己的個子有多小。

小到坐不到椅子，

小到不能吹笛子，

小到不能上體育課，

小到吃不到飯！

下課時，

小豆子沒有跟其他人一起玩。

他用畫畫來消磨時間。

「可憐的小豆子，他個子這麼小，以後能做什麼呢？」

他的老師思考著。

現在，小豆子已經長大了。

其實也沒有長多大。

他有一棟很漂亮的房子，

這是他自己蓋的。

而且他還種了番茄。

他每天開車去上班。

在他的辦公室裡，每一樣東西都剛剛好。

小豆子的工作是什麼呢？

你絕對猜不到！

他是郵票畫家！

要當一位偉大的藝術家，

個子小絕對不是問題！